Theodor Leber

Ueber amyloide Degeneration der Bindehaut des Auges

Antigonos

Theodor Leber

Ueber amyloide Degeneration der Bindehaut des Auges

Unveränderter Nachdruck der Originalausgabe von 1873.

1. Auflage 2024 | ISBN: 978-3-38635-120-1

Antigonos Verlag ist ein Imprint der Outlook Verlagsgesellschaft mbH.

Verlag: Outlook Verlag GmbH, Zeilweg 44, 60439 Frankfurt, Deutschland, info@outlook-verlag.de
Vertretungsberechtigt: E. Roepke, Zeilweg 44, 60439 Frankfurt, Deutschland
Druck: Libri Plureos GmbH, Friedensallee 273, 22763 Hamburg, Deutschland

Ueber amyloide Degeneration der Bindehaut des Auges.

Von

Th. Leber.

(Hierzu Taf. II. und III. Fig. 1—36.)

Das Vorkommen amyloider Degeneration der Bindehaut ist erst in der jüngsten Zeit beobachtet worden. So viel mir bekannt, verdanken wir die ersten und bis vor Kurzem einzigen Mittheilungen darüber v. Oettingen[*]) und Kyber,[**]) welche diese Veränderung in zwei Fällen und zwar als ein rein locales Leiden beobachtet haben. Erst nach Beendigung dieser Arbeit ging mir die Mittheilung von Sämisch[***]) über einen weiteren Fall von diesem Leiden zu, doch noch rechtzeitig genug, um dieselbe mit berücksichtigen zu können.

Die ausführlichere Mittheilung eines neuen, kürzlich von mir beobachteten Falles an dieser Stelle dürfte daher gerechtfertigt sein und dies um so mehr, als der

---

[*]) G. v. Oettingen, die ophthalmolog. Klinik Dorpats. Sep.-Abdr. aus der Dorpater med. Ztschr. Bd. II. S. 49—58.

[**]) E. Kyber, Studien über die amyloide Degeneration I. Abth. Inaug. diss. Mit 3 Taf. Dorpat 1871.

[***]) Saemisch, Sitzungsber. der niederrhein. Gesellsch. für Nat.- und Heilk. 17. März 1873.

histologische Befund auch für die Frage der amyloiden Degeneration überhaupt Neues bietet.

Herr v. B., stud. jur., 22 Jahre alt, gross und stark gebaut, weiss sich keiner besonderen Krankheit zu erinnern und ist auch jetzt, abgesehen von seinem Augenleiden, ganz gesund.

Ueber die Entwickelung des letzteren vermag Patient keine genaueren Angaben zu machen, da es ganz allmälig entstand und nur geringe Beschwerden verursachte.

Er glaubt, dass sich etwa in seinem 12ten Lebensjahre ganz allmälig und ohne entzündliche Erscheinungen eine zunehmende Senkung des linken oberen Lides entwickelte, wegen deren einige Jahre später von Herrn Dr. Mooren eine Operation vorgenommen wurde. Auf briefliche Anfrage wurde mir von Herrn Dr. Mooren gütigst mitgetheilt, dass er in der That und zwar im December 1866 am linken Auge des Patienten eine Ptosisoperation gemacht hatte. Der Effect derselben war, wie Patient berichtet, völlig befriedigend und auch eine anfängliche Erschwerung im Schluss der Lidspalte ging allmälig zurück. Noch jetzt ist an jenem Lide eine feine Narbe als Rest der Operation sichtbar.

Von Wichtigkeit ist, dass um die damalige Zeit, wie Herr College Mooren angibt, noch durchaus kein Bindehautleiden bestand, das sich also erst nach Anfang 1867 entwickelt haben kann. Die Ptosis wurde als das Residuum einer wahrscheinlich von der Geburt an datirenden, unvollständigen und beinahe ganz rückgängig gewordenen Oculomotoriuslähmung aufgefasst.

Ueber die Entwickelung des Bindehautleidens verdanke ich werthvolle Notizen der Güte der Herren Dr. Josten in Münster und Dr. Heyers in Meppen, welche den Patienten in den Jahren 1868/69 und 1870 zu beobachten und behandeln Gelegenheit hatten.

Herr Dr. Josten constatirte im März 1868 ein Herabhängen beider oberen Augenlider, und eine Hypertrophie der Plica semilunaris und oberen Uebergangsfalte. Beim Umschlagen der oberen Augenlider zeigte sich keine Spur von Trachom oder früher bestandenen Entzündungen, sondern nur eine Hypertrophie der Bindehaut, so dass dieselbe gleichsam eine doppelte Uebergangsfalte zu besitzen schien.

Ostern 1869 wurde beiderseits die stark hypertrophische Plica semilunaris und später auch ein Theil der hypertrophischen Bindehaut unter dem oberen Augenlid abgetragen. Das Herabhängen der Lider scheint sich gebessert zu haben und wurde von Herrn Dr. Josten gewiss mit vollkommenem Recht als secundäre Erscheinung, abhängig von der Hypertrophie der Bindehaut, aufgefasst.

Die früher bestandene linksseitige Ptosis hat also, wie es scheint, mit diesem Herabhängen gar nichts zu thun gehabt.

Herr Dr. Heyers fand am 31. Mai 1870 am linken Auge eine mächtige sulzige Wucherung der Bindehaut in dem Grade, dass sie unter dem Rande des oberen Lides hervorragte und auf die Cornea bis zur Mitte der Pupille herunterhing. Er trug die ganze Falte von einem Winkel des Auges bis zum anderen ab.

Mit diesen Berichten stimmt auch die Angabe des Patienten überein, dass weder im Anfang des Leidens eine Augenentzündung aufgetreten war, noch dass sich später jemals Schmerzen oder stärkere Beschwerden einstellten. Er klagte hauptsächlich über eine grosse Empfindlichkeit der Augen und über die Entstellung, welche durch die Wucherung der Conjunctiva und die häufig eintretende Röthung der Augen (in Folge von spontanen Blutungen der Bindehaut) verursacht wurde.

Bei der ersten Vorstellung des Patienten im December 1871 fand ich eine eigenthümliche Hypertrophie der Conjunctiva, besonders der Bindehaut der Sclera und der Uebergangsfalte, ähnlich wie bei abnorm stark entwickelten sulzigen Granulationen, jedoch weit massenhafter und von sehr ungewöhnlichem, in mancher Beziehung davon verschiedenem Aussehen. Die Augen selbst waren, abgesehen von einer mässigen Refractionsanomalie unverändert, insbesondere auch die Cornea nicht pannös degenerirt. (R. Hyp. $\frac{1}{30}$ L. $\frac{1}{24}$ S. $\frac{20}{50}$, nur sehr geringe Besserung durch schwache convex cylindrische Gläser).

Patient wollte sich damals zu keinem Eingriff entschliessen und stellte sich erst fast ein Jahr später, Anfang December 1872, wieder vor, da das Leiden sich im Verlauf des letzten Jahres verschlimmert hatte. Am einen Auge war auch wieder eine spontane Blutung in und unter die Bindehaut aufgetreten.

Die genauere Untersuchung der Augen wurde etwas erschwert durch die grosse Empfindlichkeit des Patienten, dem jede Berührung der Lider und insbesondere das Umstülpen des oberen Lides sehr unangenehm war. Dieselbe ergab Folgendes:

Schon von aussen bemerkt man eine Verdickung beider oberen Lider, besonders des rechten. Letzteres ist in der Gegend, wo innen die Uebergangsfalte liegt, durch die darunter befindliche Wucherung der Bindehaut etwas hervorgetrieben und hängt merklich herab; es kann aber mit Anstrengung auch ohne Zuhalten des linken Auges gehoben werden, doch nicht ganz so weit als das linke.

Die Degeneration der Conjunctiva erstreckt sich an beiden Augen über den grössten Theil derselben; am stärksten ist die Bindehaut der Uebergangsfalte und

Sclera betroffen, ausserdem aber auch ein grosser Theil der Tarsalbindehaut. Die Uebergangsfalte und in etwas geringerem Grade die Scleralbindehaut sind verdickt, theils durch Einlagerung ziemlich grober sulziger Körner, theils durch eine mehr diffuse sulzige Infiltration gleichfalls von gelblichem, durchscheinendem Aussehen. Dieselbe hat Aehnlichkeit mit den Wucherungen bei diffusem Trachom, unterscheidet sich aber davon durch ihre noch viel massigere Entwickelung. Einmal erreichen die eingelagerten Massen eine viel grössere Dicke, was man schon an der stärkeren Hervorragung der am meisten veränderten Partien, besonders deutlich aber bei der Abtragung bemerkte. Dann ist aber die Schleimhaut auch der Fläche nach bedeutend gewachsen und dadurch stellenweise in starke Falten gelegt. Besonders auffällig war dies am linken Auge, wo sich nach aussen von der Hornhaut eine grössere Falte zur Lidspalte hervordrängte, auf deren Höhe die Schleimhaut eine gelbliche, gallertig aussehende Infiltration zeigte. Desgleichen ist an diesem Auge die Bindehaut über dem oberen Hornhautrand sehr stark hypertrophirt, wenn auch weniger verdickt und legt sich vorhangartig über die Hornhaut hinüber. Medianwärts vom Hornhautrande besteht (am linken Auge) keine besondere Faltenbildung, dagegen sieht man sehr entwickelte sulzige Einlagerungen. Von der Scleral-Bindehaut ist am linken Auge überhaupt der grössere obere Theil ergriffen, während der kleinere untere ziemlich frei ist, ausserdem beide Uebergangsfalten und der Tarsaltheil des unteren Lides.

An dem, im Ganzen weniger afficirten, rechten Auge ist die Scleralbindehaut ziemlich frei, mit Ausnahme des an die obere Uebergangsfalte grenzenden Bezirks, besonders medianwärts. Die Plica semilunaris ist zu einem unförmlichen Wulst entartet. Dagegen ist hier, wie schon von aussen zu bemerken, der innere Theil der oberen Uebergangsfalte sehr stark gewuchert, ausserdem die untere Uebergangsfalte und der untere Tarsaltheil, letzterer in höherem Grade als links; nur wenig der obere Tarsaltheil.

Auf dem Tarsus stellt sich die Veränderung etwas anders dar, als auf das Conjunctiva bulbi, offenbar in Folge der straffen Anheftung der Bindehaut. Man sieht hier eine ziemlich gleichmässige, sulzige Verdickung der Schleimhaut, wodurch dieselbe, wie man besonders deutlich am unteren Lidrande der rechten Seite sehen kann, erheblich über das normale Niveau hervorragt, an letzterer Stelle gewiss $\frac{1}{2}$ Mm., links etwas weniger und nicht so gleichmässig. Die Oberfläche ist von einem ziemlich dichten, feinen Capillarnetz bedeckt, dessen Zwischenräume, wie man besonders mit der Loupe bemerkt, noch deutlich die gelbliche Infiltration hervortreten lassen. Die Oberfläche ist nur ganz leicht uneben, höckerig, die Verdickung überhaupt nicht an allen Stellen gleich stark. Es macht den Eindruck, als ob das oberflächliche Capillarnetz der Bindehaut durch die infiltrirte Masse von den mehr in der Tiefe verlaufenden gröberen Gefässen getrennt wäre und mit diesen nur durch einzelne, senkrecht aufstrebende Verbindungen zusammenhinge. Wie schon bemerkt, ist vorzugsweise der Tarsaltheil der beiden unteren Lider ergriffen, vom oberen ist nur am rechten Auge das an die Uebergangsfalte grenzende Stück, besonders median-wärts betheiligt.

Die wahre Natur des Leidens wurde erst später durch die mikroskopische Untersuchung der abgetragenen Stücke erkannt, vorläufig betrachtete ich dasselbe als eine dem Trachom ähnliche, aber doch vermuthlich davon verschiedene hypertrophische Degeneration. Von medi-camentösen Mitteln konnte ich mir aus naheliegenden

Gründen keinen besonderen Erfolg versprechen und wegen der Ausbreitung des Leidens über den grössten Theil der Bindehaut konnte auch nur von einer theilweisen Abtragung der am stärksten veränderten Partien die Rede sein. Es wurden am linken Auge die oben erwähnten grossen Falten der Scleralbindehaut mit Pincette und Scheere abgetragen (die Anlegung einer Sutur erschien überflüssig); zugleich wurde medianwärts ein Stückchen Conjunctiva entfernt und die seitlich darunter liegenden gallertigen Massen, so weit es ging, mit dem Daviel'schen Löffel ausgelöffelt, und dies später in der oberen Uebergangsfalte wiederholt. Am rechten Auge wurde ein Stück der Plica semilunaris weggenommen und aus der oberen Uebergangsfalte Stückchen entfernt und ausgelöffelt. Bei diesen kleinen Eingriffen, auf die übrigens nicht die mindeste Reaction folgte, zeigte sich die Dicke und eigenthümliche Consistenz der Wucherung sehr deutlich. Stellenweise, besonders an den Falten, war eine weiche, vollkommen gallertige Substanz unter die Bindehaut abgelagert, die bei Druck aus dem abgeschnittenen Ende hervorquoll. An den stärker verdickten Stellen fand sich dagegen gleich unter der Oberfläche ein eigenthümlich morsches, brüchiges Gewebe, das sich mit dem Löffel zerdrücken und herausbefördern liess und stellenweis eine noch festere, fast trockene Beschaffenheit hatte.

Der Zustand des linken Auges war bei der Abreise des Patienten, Mitte März 1873, ganz befriedigend; am rechten, anfangs weniger afficirten Auge hatten sich in der letzten Zeit wieder einige Wucherungen in der oberen Uebergangsfalte gebildet. Eine spontane Blutung in die Conjunctiva des rechten Auges war gleichfalls wieder aufgetreten, aber schon wieder in der Rückbildung. Die Hornhaut war glücklicherweise noch immer verschont geblieben.

Microscopische Untersuchung.

Wie schon bemerkt, war an den meisten Stellen die Consistenz der degenerirten Partien eine äusserst weiche; beim Einstich oder Einschnitt in die dichtere oberflächliche Schicht drang eine gallertige Masse hervor, die sich im frischen Zustand auf dem Objectträger schon durch den Druck des leicht aufgelegten Deckgläschens zu einer gleichmässigen, dünnen Schicht vertheilte. Diese Masse bestand ausschliesslich aus zahllosen, in einer klaren flüssigen Grundsubstanz vertheilten glänzenden Körpern von verschiedener Grösse, welche durch die Reaction mit Jod und SO_3 als Amyloidkörper nachgewiesen wurden. Ohne Zusatz oder mit verdünnter Kochsalzlösung erschienen sie glänzend, scharf contourirt, lagen dicht gedrängt beisammen, und völlig isolirt. Die Form ist eine sehr verschiedene und mannichfaltige: (s. Taf. II u. III. Fig. 1—28.) Die Mehrzahl, besonders der kleineren, sind länglich rund oder walzenförmig mit abgerundeten Enden, andere rundlich, polyedrisch mit abgerundeten Ecken und Vorsprüngen, oder von ganz unregelmässiger Gestalt. An manchen bemerkt man einzelne kleine rundliche oder kolbige Hervorragungen, die bei anderen in grösserer Zahl auftreten, andere sogar über und über bedecken. (Taf. II. Fig. 22, 23, 26.) Die beigegebenen Abbildungen versinnlichen nur einen Theil dieser mannichfaltigen Formen. Die Grösse der Körper schwankte etwa zwischen 0,016 Mm. Länge und 0,12 Mm. Breite (bei den kleinsten) und 0,2 Mm. Länge und 0,12 Mm. Breite (bei den grössten) die Mehrzahl mochte zwischen 0,06—0,1 Mm. Länge und 0,025 Mm. Breite variiren. Indessen gelten diese Maasse nur für die Länge der massigeren Körper, die stark in die Länge gestreckten, balkenförmigen Gebilde erreichten bei geringer Dicke eine noch erheblich grössere Länge (s. Fig. 19).

An frischen Präparaten bemerkt man mit stärkeren Vergrösserungen an den länglichen Körpern eine Andeutung von fibrillärer Streifung und bei einigen derselben einen schmalen axialen Strang (Fig. 7, 13, 24). Durch Essigsäure und Kalilauge werden die Körper blasser, quellen aber nur wenig auf und widerstehen auch der Wirkung concentrirter Mineralsäuren. Jodlösung bewirkt Anfangs eine dunkelbraune Färbung, die aber bald in ein schönes Weinroth übergeht, besonders bei Anwendung von schwachen Lösungen und an einzelnen, isolirten Körpern; die weinrothe Färbung wird deutlicher und stärker, nimmt zuweilen selbst einen Stich ins Violette an durch Essigsäure; Schwefelsäurezusatz zu den mit Jod tingirten Körpern bewirkt zuweilen eine grünliche Färbung, die später einer violetten oder grauvioletten Platz macht, an anderen gleichfalls eine intensiv rothviolette Tinction.

An den in Müller'scher Flüssigkeit aufbewahrten Stücken trat später die Reaction noch ebenso gut oder eher noch besser ein, als an den frischen.

Carmin-Lösung färbte die Körper rasch und intensiv roth.

Glycerin hellte sie auf, wobei ihre Structur deutlicher hervortrat. Eine concentrische Schichtung war nur bei wenigen besonders deutlich zu sehen, doch kamen einzelne, sehr zierlich geschichtete vor (s. Fig. 25). Dafür trat aber bei den meisten, besonders den grösseren, die Zusammensetzung aus mit einander verschmolzenen, kleineren rundlichen oder selbst wieder unregelmässig gestalteten Stücken hervor, welche auch bei manchen durch die an der Oberfläche vorragenden rundlichen Kolben angedeutet wurde. Diese innere Architectur war besonders deutlich an den grössten der Körper und es schienen die einzelnen Stücke, aus denen sie aufgebaut waren, sich gegenseitig abzuplatten und in einander zu fügen. (Fig. 27, 18, 34.) Die Hervorragungen an der Oberfläche wurden sowohl bei den grösseren als auch bei ganz kleinen Körpern bemerkt. Ausserdem war bei den länglichen nach Glycerinzusatz die feine Streifung viel deutlicher. Dieselbe war vermuthlich der Ausdruck einer der Oberfläche parallelen Schichtung. Hie und da habe ich auch gesehen, dass der axiale Strang sich noch eine Strecke weit nach aussen in eine etwas geschlängelte Faser vom Aussehen der Bindegewebsfasern fortsetzte (Taf. III Fig. 28), während sonst die Körper völlig isolirt waren.

Besonders merkwürdig, und so viel mir bekannt völlig neu, ist der Umstand, dass diese Körper, wie es scheint alle, in eine scharf abgegrenzte, kernhaltige Hülle eingeschlossen waren, welche in allen Stücken mit der sogenannten Endothelscheide der Bindegewebsbalken übereinstimmt. (Fig. 1—15, 17—22, 24, 27, 34.) Diese umhüllende Schicht konnte schon an frischen, nur mit Glycerin und Carminlösung behandelten Präparaten beobachtet werden, es kann sich daher unmöglich um eine erst durch das chromsaure Kali entstandene Veränderung der Oberfläche handeln, was ausserdem durch die verschiedene Reaction von Hülle und Inhalt widerlegt wird. Der Unterschied zwischen beiden trat sowohl durch Carminfärbung, als durch die Jodreaction sehr scharf hervor. Die Hülle färbt sich mit Carmin, abgesehen von dem Kern, fast gar nicht, mit Jod nimmt sie eine rein gelbe Farbe an, während der Inhalt durch Carmin intensiv roth gefärbt wird und mit Jod die bekannte violette Reaction giebt.

Die Hülle erscheint meistens als ein den Körper

ziemlich gleichmässig einschliessender doppelter Contour; wo sie Kerne enthält, ist sie oft etwas von dem Inhalt abgehoben; die Kerne sind deutlich in die Membran selbst eingelagert; in ihrer Umgebung ist diese nicht selten etwas feinkörnig und nimmt sich überhaupt an vielen der Körper mehr wie eine stark abgeplattete zellige Auflagerung als wie eine einfache Membran aus. Die Kerne sind meist oval, ziemlich gross, bläschenförmig und mit feinkörnigem Inhalt, aber gewöhnlich ohne eigentliche Kernkörperchen. Ihr Durchmesser schwankt zwischen 0,005—0,013 Mm., die meisten haben 0,011 Mm. im längsten Durchmesser. Sie färben sich mit Carmin roth, mit Jod und Säuren immer nur gelb.

Die kleinsten Amyloidkörper, deren Durchmesser den des Kernes nur um das Doppelte bis Dreifache übertrifft, haben nur einen Kern, auch an den von mittlerer Grösse ist oft nur ein einziger Kern zu sehen; viele haben aber schon deren 2 oder mehrere und mit zunehmender Grösse der Gebilde nimmt auch die Zahl der Kerne erheblich zu. Letztere liegen auf der ganzen Oberfläche der Körper zerstreut, (nicht im Innern derselben), häufig in Gruppen von mehreren beisammen, bis zu 7 und 9 Kernen; sie berühren sich dabei oft mit abgeplatteten Enden, zeigen auch wohl Einschnürungen, so dass man an eine Wucherung derselben denken muss. Besonders deutlich sieht man die grosse Zahl der Kerne an den abgelösten Hüllen.

Letztere lösen sich nämlich durch die Präparation ziemlich leicht von der Oberfläche der Körper ab und schwimmen frei in der Flüssigkeit umher. Sie reproduciren dann oft sehr genau die Form der von ihnen früher bedeckten Körper und bilden gewissermassen einen Abguss ihrer Oberfläche (s. Fig. 16, 29—32). Ausser den Kernen schliessen die Hüllen noch kleinere und grössere rundliche helle Körperchen von homogener

Beschaffenheit und aus derselben Substanz wie die Amyloidkörper ein. (Fig. 12, 13, 21, 22, 24). Es sind dieselben, welche als rundliche Prominenzen an der Oberfläche der Körper schon oben erwähnt wurden. An Körpern, die noch mit der Hülle bedeckt sind, sieht man mitunter sehr deutlich, dass die Prominenzen in der Hülle selbst sitzen und von dem Amyloidkörper getrennt sind. Von den Kernen der Hülle unterscheiden sie sich deutlich durch ihre homogene Beschaffenheit und durch die Amyloidreaction, welche den Kernen völlig abgeht. Ausser den grösseren dieser Prominenzen, die die Kerne an Durchmesser erreichen und übertreffen, enthält die Hülle auch noch viel kleinere helle Körperchen bis zu unmessbarer Feinheit herab, die derselben Natur zu sein scheinen, aber wegen ihrer geringen Grösse die Amyloidreaction nicht mehr so deutlich erkennen lassen. Uebrigens trifft man auch Amyloidkörper, deren Oberfläche mit rundlichen Excrescenzen wie besäet ist und an denen die Membran zu fehlen scheint, entweder weil sie sich von der Hülle gelöst haben, oder weil die Membran, da wo die Körperchen sitzen, unerkennbar dünn ist. Ich habe auch zuweilen den Kern an solchen Körpern vergeblich gesucht. (Fig. 23, 26.) Jedenfalls treten nach einiger Zeit die Prominenzen in innigere Verbindung mit dem darunter liegenden Amyloidkörper und es mag dies auch erklären, warum es so selten gelingt, an den abgelösten Hüllen die von ihnen eingeschlossenen Prominenzen zu sehen. Erst nach vielem Suchen habe ich einige Male abgelöste Hüllen gefunden, welche noch mit einzelnen dieser hellen Körperchen in Verbindung waren. (s. Fig. 32.) Endlich ist noch zu erwähnen, dass die Membranen mit ihren Kernen sich stellenweise ins Innere der Körper, zwischen grössere Abtheilungen derselben fortsetzen und letztere dadurch noch schärfer von einander abgränzen; es ist dies der einzige Fall, wo ich Kerne innerhalb der Körper gesehen habe. (Fig, 14, 15, 24).

Die Scleral-Bindehaut, oberhalb der soeben beschriebenen sulzigen Einlagerung zeigte eine leichte Verdickung des Epithels mit sehr deutlichen Stachelzellen die stellenweise blasig degenerirt waren, sich aber von den darunter befindlichen Amyloidkörpern leicht unterscheiden liessen. In ihr Gewebe waren gleichfalls Amyloidkörper in verschiedener Menge eingelagert, zwischen den Bindegewebsbündeln und Zellen zerstreut und bis dicht an das Epithel heranreichend. Ein Theil derselben war auch in die Adventitia der kleinern Gefässe eingebettet, während die eigentliche Wand der Gefässe fast überall völlig frei war. Nur einmal habe ich ein kleines Gefäss gefunden, dessen Wandung selbst in eine glänzende, amyloide Masse umgewandelt war. Ausser den Amyloidkörpern enthielt die Adventitia noch zahlreiche, etwas grössere, rundliche oder ovale Zellen (Fig. 34) mit deutlichem bläschenförmigen Kern, ähnlich denen in der Hülle der Amyloidkörper, und mit feinkörnigem Protoplasma, aber keine Uebergänge zwischen beiden. Dicht unter dem Epithel fand sich ebenfalls stellenweise eine dichte Anhäufung derartiger Zellen, dazwischen auch etwas kleinere, mehrkernige Zellen (Fig. 33), aber auch hier ebensowenig Uebergänge zu den Amyloidkörpern. Die kleinsten Formen der letzteren kamen hier in reichlicherer Menge als an anderen Stellen vor, ebenso auch in der Adventitia der Gefässe, wo ähnliche Verhältnisse wiederkehrten. An manchen Präparaten lagen die Zellen dicht neben und zwischen den kleinen Amyloidkörpern, welche jene an Grösse nicht oder nur wenig übertrafen; die Kerne waren an beiden sehr ähnlich, so dass ich immer wieder nach Uebergängen zwischen ihnen suchte. Ich habe aber niemals Zellen gefunden, welche nur zum Theil amyloid degenerirt waren; wo überhaupt amyloide Reaction vorkam, gab sie der ganze Körper mit Ausnahme der dünnen kernhaltigen Hülle. An einer Stelle sah ich allerdings im Gewebe einige etwas grössere Zellen, welche zum Theil oder völlig ausgefüllt waren von kleinen stark glänzenden Körnern, etwa von $\frac{1}{3}-\frac{1}{2}$ Durchmesser der Kerne, die aber keine Amyloidreaction gaben.

Einige Male fand ich auch an den feineren Nervenstämmchen Amyloidkörper in ähnlicher Weise angelagert wie an den Gefässen.

An anderen Stellen der Bindehaut lagen auch im subconjunctivalen Gewebe die Amyloidkörper eingebettet zwischen Bündel lockigen Bindegewebes, welchen stellenweise platte, mehr verlängerte, feinkörnige Zellen aufsassen. Hier und da erschienen diese Bindegewebsbündel etwas mehr verdickt, wie gequollen und gaben gleichfalls amyloide Reaction. An denjenigen Stücken endlich, wo das Gewebe eine derbere Beschaffenheit besass, bestand es aus einer dichten Aneinanderlagerung stark lichtbrechender, zum Theil verzweigter, etwas unregelmässig begrenzter Balken mit undeutlicher fibrillärer Streifung und ganz von dem Aussehen gewisser derberer Bindegewebsbalken; dieselben gaben in toto amyloide Reaction. Auch diese Balken waren durchwegs auf der Oberfläche von kernhaltigen Scheiden bedeckt und die Kerne ebenfalls sehr reichlich. Auch die Blutgefässe hatten verdickte, amyloid degenerirte Wandungen. In den Lücken des Gewebes lagen häufig zahlreiche rothe Blutkörperchen, oder eine feinkörnige gelbliche Masse, offenbar Umwandlungsproduct früherer Blutungen (die auch klinisch beobachtet waren). Dasselbe war auch an anderen, weniger degenerirten Stellen zu bemerken.

Das klinische Bild des von mir beobachteten Falles hat mit den beiden von Oettingen's manche

Aehnlichkeit, doch war in meinem Falle die Degeneration noch nicht so massenhaft entwickelt und mehr auf die Bindehaut beschränkt geblieben, als bei letzteren. Da diese an einem weniger zugänglichen Orte publicirt sind, so mag es gestattet sein, den Befund hier kurz zu reproduciren.

In dem ersten Falle,*) bei einem 55jährigen, sonst gesunden Manne, fand sich eine geschwulstartige Verdickung des linken unteren Lides, in welcher man den stark vergrösserten und indurirten Tarsus von aussen durchfühlte. Der Lidrand war verdickt und vom Augapfel etwas abstehend durch eine Wucherung der Bindehaut, die arm an Gefässen, weissem Wachs an Farbe und Härte ähnlich war, die untere Uebergangsfalte zu einer seichten Rinne gestaltete und durchaus nicht das Eigenthümliche eines diffusen Trachoms an sich trug. Von dieser Conjunctivalwucherung gingen ein paar unförmliche pterygiumartige Fortsätze . über die Cornea weg. Die Untersuchung des mit einem Stück aus der ganzen Dicke des Lides exstirpirten Tarsus ergab, dass die Degeneration stellenweise nach aussen bis unter und zwischen die Fasern des Lidmuskels vorgedrungen war. Ihr Hauptsitz war aber eine in geringer Entfernung von der inneren Fläche befindliche Schicht der Conjunctiva. Der Papillarkörper war frei, auch die nähere Umgebung der Meibom'schen Drüsen relativ wenig verändert, wesshalb Kyber die Entstehung vom Tarsus aus einigermassen bezweifelt. Das obere Lid desselben Auges, und die beiden Lider des anderen zeigten die gewöhnlichen Erscheinungen eines in Schrumpfung begriffenen Trachoms mit Trichiasis.

---

*) Die ausführlichere Mittheilung mit Resultat der microscop. Untersuchung findet sich bei Kyber, loc. cit. p. 111—130, kürzer kürzer bei v. Oettingen, loc. cit. p. 49—50.

Auch im zweiten Falle*) (bei einem 22jährigen, gleichfalls sonst völlig gesunden Mädchen) war ein Zusammenhang mit Trachom unverkennbar. Am rechten Auge zeigte das obere Lid den als diffuses Trachom oder gelatinöse Degeneration bekannten Zustand: verdickten Tarsus, glasig verdickte Bindehaut mit kleinen eingesprengten gelblichen Heerden und etwas grösseren Heerden von wachsartiger Consistenz und wachsgelber Farbe, welche beide Amyloidreaction gaben. (Das untere Lid war fast normal.)

Am linken Auge bestand eine vollständige Ptosis und eine so hochgradige wachsartige Degeneration der Bindehaut mit brettartiger Verdickung der Lider, besonders des oberen, dass v. Oettingen schon aus dem klinischen Bilde die Diagnose der amyloiden Degeneration stellte, die nachher von Kyber durch die microscopische Untersuchung bestätigt wurde. Es fanden sich, wie bei dem ersten Falle, grosse amyloide Schollen und ausserdem Capillargefässe mit stark verdickten amyloiden Wandungen. Beiderseits starke sulzige Hypertrophie der Plica semilunaris, Conjunct. bulbi normal, Cornea nur links leicht getrübt.

Ein weiterer, von Kyber**) kurz mitgetheilter Fall von amyloider Degeneration in der Nähe des Auges gehört nicht in dieselbe Kategorie. Es handelte sich um eine von Prof. v. Oettingen am inneren Augenwinkel exstirpirte Geschwulst bei einer erwachsenen, übrigens ganz gesunden Person, welche klinisch das Aussehen eines flachen Epithelioms hatte. Prof. Böttcher fand aber keine epithelialen Zellen, sondern nur necrotischen Zerfall des Gewebes und amyloide Degeneration an den kleinen Gefässen.

Dagegen gehört ganz unzweifelhaft hierher der

---

*) v. Oettingen loc. cit. p. 51 ff. Kyber loc. cit. p. 135—136.
**) loc. cit. p. 134—135.

Fall von Sämisch bei einem 33jährigen ganz gesunden Fabrikarbeiter. Es war hier beiderseits die Conjunctiva bulbi vollkommen frei; die auffallendste Veränderung war eine sehr beträchtliche Volumszunahme des unteren Lides am linken Auge durch Hypertrophie des Tarsus; die Uebergangsfalte zeigte einen wenig verschiebbaren dicken Wulst und die Conjunctiva schien durch eine sulzige Masse vom Tarsus abgedrängt. Am oberen Lide und den beiden Lidern des andern Auges fehlte die starke Vergrösserung des Tarsus, die Veränderungen hätten mit Trachom im Narbenstadium verwechselt werden können, unterschieden sich aber davon durch eine eigenthümliche Verdickung des freien Randes des Tarsus und die Abdrängung der Conjunctiva vom letzteren durch eine sulzige, halbfeste Masse.

Die Veränderungen der Tarsalbindehaut waren hier offenbar dieselben, wie sie sich in meinem Falle klinisch darstellten und ich zweifle nicht, dass auch hier die sulzige Masse aus eingelagerten Amyloidkörpern bestanden habe.

Die Mittheilungen über den histologischen Befund sind kurz, es liegt denselben die Untersuchung des exstirpirten vergrösserten Tarsus zu Grunde. Derselbe war umgeben von einer Bindegewebswucherung und grossen Haufen von Kernen resp. Zellen, die durch ihre beträchtliche Grösse ausgezeichnet waren und an einzelnen Stellen den Knorpel von aussen gewissermassen angefressen hatten, während die Jodschwefelsäure-Reaction einzelne Stellen des Tarsus als amyloid entartet kennzeichnete. Sämisch gibt in Folge dessen an, dass es sich im Wesentlichen um eine Perichondritis handelte, während im Knorpel selbst zum Theil amyloide Degeneration Platz gegriffen hatte.

Da Sämisch mittheilt, dass er vor einem Jahre am rechten Auge eines 45jährigen, gleichfalls gesunden

Mannes einen ähnlichen Befund gesehen habe, so dürfte das in Rede stehende Leiden bei gehöriger Aufmerksamkeit doch nicht so gar selten sein.

Alle diese Fälle und der meinige stimmen darin überein, dass es sich um ein rein locales Leiden bei sonst ganz gesunden Individuen handelte. Kyber hat, abgesehen von den amyloiden Concretionen und den Amyloidkörperchen in nervösen Gebilden, auch von der eigentlichen Amyloid-Degeneration Beispiele anderer Organe aus der Literatur zusammengestellt, wo dasselbe der Fall war. Namentlich gehören hierher Beobachtungen über amyloide Entartung der Knorpel (Virchow, Friedrich), in pathologisch veränderten Lymphdrüsen (Billroth), in der Haut (Lindwurm) in einer Ecchondrosis spheno-occipitalis (Klebs) etc.

In den von v. Oettingen und mir beobachteten Fällen dürfte wohl die Bindehaut den Ausgangspunkt des Leidens gebildet haben. Es besteht hier nur der Unterschied, dass in jenen Fällen ausschliesslich oder hauptsächlich die Tarsalbindehaut und Uebergangsfalte, in meinem Fall vorzugsweise die letztere und die Conjunctiva Sclerae afficirt waren; die Wucherung der Plica semilunaris kam bei von Oettingen und mir vor. Die hochgradige Verdickung und Vergrösserung des Tarsus kann sich ungezwungen, wie bei Trachom, durch Fortsetzung des Processes in die Tiefe erklären. Es ist mir daher wahrscheinlich, dass auch in Sämisch's Fall die Degeneration von der, gleichfalls afficirten Conjunctiva ausging. Doch sind hierüber noch weitere Beobachtungen abzuwarten. Bei manchen Verschiedenheiten im Einzelnen bieten die bis jetzt bekannten Fälle doch in den meisten Punkten eine auffallende Uebereinstimmung: die eigenthümliche sulzige Verdickung und die wachsartige Beschaffenheit der Bindehaut, die enorme

Hypertrophie des Tarsus, die Vergrösserung der Plica semilunaris, die Ptosis etc. sind Erscheinungen, die sich regelmässig oder wenigstens mehrfach wiederholen.

Der Zusammenhang des Processes als klinisches Leiden mit Trachom bedarf noch weiterer Aufklärung. v. Oettingen's Fälle scheinen diesen Zusammenhang zu beweisen, während Sämisch nach dem seinigen geneigt ist, das Leiden für völlig verschieden von Trachom zu halten. Auch der von mir beschriebene Fall bot in keinem Stadium seines Verlaufes das Bild des gewöhnlichen Trachoms dar. Sollte es sich jedoch noch in weiteren Fällen herausstellen, das wirkliches Trachom später in amyloide Degeneration übergehen kann, so würde auch für die letzteren Fälle die Annahme zulässig sein, dass sie als eine Abart des Trachoms, gewissermassen als ein von Anfang an degenerirtes Trachom zu betrachten seien. Vorläufig wird es aber besser sein für Fälle wie die von Sämisch und von mir bei der Diagnose der amyloiden Degeneration stehen zu bleiben.

Der histologische Befund unterscheidet sich in meinem Falle von den bisherigen Angaben wesentlich durch das Auftreten kernhaltiger Hüllen um die amyloiden Schollen und Bindegewebsbalken, die ich von keinem der früheren Beobachter erwähnt gefunden habe. Dieselben haben für die Entwickelung des Processes jedenfalls eine grosse Wichtigkeit. Da mir eigene Beobachtungen sonst nicht zu Gebote stehen, kann ich nicht angeben, ob diese Hüllen häufiger, oder regelmässig bei der amyloiden Degeneration des Bindegewebes vorkommen. Nur für den ersten, von Kyber recht genau beschriebenen Fall von amyloider Degeneration der Bindehaut ist es mir sehr wahrscheinlich, dass dabei gleichfalls kernhaltige Hüllen an den amyloiden Körpern vorhanden waren.

Es fanden sich hier grosse, dicht gedrängte amyloide Schollen, zwischen denen nur schmale Spalten frei blieben. Diese Spalten waren zum Theil von capillaren Gefässen eingenommen, in deren Umgebung rundliche oder elliptische Zellen lagen mit Kernen von 0,004—0,009 Mm. Durchmesser und mit einem bis mehreren Kernkörperchen. Das Protoplasma dieser Zellen war äusserst spärlich, in Gestalt einer den Kern umgebenden, oder ihm nur seitlich anhaftenden Masse. Ganz dieselben Zellen fanden sich auch in den Spalten und deren Knotenpunkten zwischen den Schollen, da wo keine Gefässe lagen. Die betreffende Abbildung lässt (bei geringer Vergrösserung) nur Kerne, keine Zellen erkennen und hat die grösste Aehnlichkeit mit den Bildern meiner Präparate, so dass ich glaube, dass vielleicht auch hier die Kerne kernhaltigen Umhüllungsschichten der Schollen angehörten, die wegen der innigen Aneinanderlagerung der Schollen nicht deutlich hervortraten.

Kyber beobachtete auch an einer Stelle, wo die Bindehaut von einem Geschwür eingenommen war, unmittelbar unter der Oberfläche eine ähnliche, aus zahlreichen dicht gedrängten Zellen gebildete Schicht, nur noch stärker entwickelt, wie ich sie oben beschrieben habe. Dieselbe schien auch ihm den Ausgangspunkt der Degeneration zu bilden. Die obersten Zellen waren klein, etwas weiter in die Tiefe wurden sie grösser und zwischen ihnen trat allmälig deutliche faserige Intercellularsubstanz auf, bald auch Capillaren. Noch etwas tiefer lagen zwischen den Zellen immer zahlreichere amyloide Schollen, etwas grösser als erstere. Kyber nimmt als selbstverständlich an, dass sie aus den Zellen hervorgehen, wobei er eine Amyloidentartung sowohl des Kernes, als des Protoplasmas der Zelle zulässt. Indessen scheint mir die Kürze und Unbestimmtheit seiner Darstellung zu beweisen, dass er über diesen Punkt ebenso wenig entscheidende Präparate gewinnen konnte, als ich.

Einen Umstand habe ich noch zu erwähnen, in welchem die amyloiden Schollen in meinem Falle von den Angaben Kybers abwichen. Dieselben färbten sich, wie schon bemerkt, im frischen Zustande und nach Aufbewahrung in Müller'scher Flüssigkeit mit Carmin lebhaft roth. Kyber giebt dagegen an, dass sie bei dieser Behandlung ungefärbt blieben, dagegen umgekehrt nach vorheriger Cr. O_3-Behandlung mit Carmin eine lebhaftere rothe Farbe annahmen, als das übrige Gewebe. Indessen dürfte dieser Unterschied doch nur als ein nebensächlicher zu betrachten sein.

Was die Dentung des von mir erhaltenen histologischen Befundes angeht, so scheint mir daraus Erstens hervorzugehen, dass es sich in meinem Falle vielmehr um eine Neubildung mit amyloider Degeneration, als um eine einfache Amyloidentartung präexistirender Gewebselemente handelt. Die Entstehung der grossen, von vielkernigen zelligen Hüllen umgebenen Amyloidkörper wird man nicht einfach von der Degeneration eines präexistirenden Elementes ableiten können, sondern man wird bei ihrer Bildung noch einen eigenthümlichen Wucherungsprocess zu Hülfe nehmen müssen, wofür besonders die grosse Zahl der Kerne und die unzweideutigen Zeichen von Kernvermehrung sprechen. Dasselbe gilt aber dann ohne Zweifel auch von dem compacten Amyloidgewebe, das nur einen höheren Grad der Entwickelung des Processes darzustellen scheint. Es scheint überhaupt, dass sich zwischen der Bildung gewisser Amyloidkörper und der diffusen Amyloidentartung keine scharfe Grenze ziehen lässt.

Zweitens möchte ich die grosse Aehnlichkeit der amyloiden Neubildung mit dem normalen Bindegewebe hervorheben. Die Amyloidsubstanz ist geschichtet, von fibrillärem Aussehen und tritt in kleineren und grösseren balkenartigen Massen auf, die von Endothel-artigen Scheiden eingehüllt werden. Sie unterscheidet sich von demjenigen Bindegewebe, das in ähnlicher Weise, als mit Endothelhüllen versehenes Balkenwerk auftritt, ausser durch die Reaction, durch die stärkere Lichtbrechung, das homogenere Aussehen, die weniger deutliche fibrilläre Beschaffenheit und die grössere Resistenz gegen Reagentien. Indessen ist bekannt, dass die in Rede stehende Form des Bindegewebes sich gerade in diesen Punkten mehr oder minder von gewöhnlichem fibrillären Bindegewebe unterscheidet und selbst Uebergänge zu hyalinen Membranen zu bilden scheint (Ligamentum pectinatum, Kapselstaare, gefensterte Membranen der Gefässe).

Das Auftreten des Amyloidgewebes in völlig isolirten Körpern hat übrigens auch bei dem gewöhnlichen Bindegewebe seine Analogien. Es kommen, und zwar grade im Auge, geschichtete, aus Bindegewebe bestehende, stellenweise sogar noch mit Bindegewebsbalken in Verbindung stehende Körper vor, an welchen sich bei genauerer Untersuchung höchst wahrscheinlich auch eine Endothelscheide auffinden liesse. Ich erinnere hier an die scheibenförmigen Körper an den Gefässen und die concentrischen Bildungen im Bindegewebe, welche H. Müller im Ciliarmuskel, erstere auch in der Retina, beschrieb und abbildete.*) In sehr schöner Entwickelung habe ich diese Gebilde schon vor Jahren in einem Falle von Atrophie des Sehnerven in der Scheide desselben gesehen, mit ampullenartiger Ausdehnung der letzteren und starker Wucherung und gleichzeitiger Pigmen-

---

*) H. Müller, Ueber eigenthümliche scheibenförmige Körper und deren Verhältniss zum Bindegewebe. Ges. Schriften I. pag. 387—393. Taf. V. Fig. 14—24.

tirung des intervaginalen Gewebes. s. Taf. III. Fig. 35—37. Ferner in dem der folgenden Mittheilung zu Grunde liegenden Fall von Sehnervanatrophie in der inneren Scheide. Dass es sich um dieselben Bildungen handelt, welche H. Müller beschreibt, scheint mir daraus hervorzugehen, dass die concentrisch geschichteten Körper zum Theil mit Bindegewebsbalken zusammenhingen (Fig. 36.) und dass in ihrer Nähe eigenthümliche wulstartige Verdickungen der Bindegewebsbalken vorkamen, welche sich an die scheibenförmigen Gebilde H. Müller's anreihen lassen. (Fig. 37). An anderen Stellen zeigten sich auch breite, höchst zierliche, die Balken umspinnende Fasern, welche nicht elastischer, sondern bindegewebiger Natur zu sein schienen.

Auch die concentrisch geschichteten drusigen Excrescenzen der Glashäute des Auges dürften mit diesen Bildungen verwandt sein.

Nimmt man noch dazu, dass in unserem Falle von amyloider Degeneration auch an manchen Stellen Faserbündel, die ganz das Aussehen lockigen Bindegewebes hatten, und nur etwas verdickt und gequollen aussahen, die amyloide Reaction gaben, und dass sich zuweilen aus den amyloiden Schollen eine centrale Bindegewebsfaser nach aussen verfolgen liess, so wird man die Ansicht um so mehr begründet finden, dass das die amyloide Reaction gebende neugebildete Gewebe dem fibrillären Bindegewebe gleichwerthig zu betrachten ist.

Was Drittens die Entwickelung und das Wachsthum dieses amyloiden Gewebes betrifft, so kann ich darüber nur einige Vermuthungen aufstellen. Die Vergleichung der in sehr verschiedener Grösse und Entwickelung auftretenden Amyloidkörper beweist, dass dieselben in fortwährendem Wachsthum begriffen sind und dass mit der Vergrösserung der Körper auch eine Vermehrung der Kerne Hand in Hand geht. Freie Körper kamen zwar nicht selten zur Beobachtung, doch ist es sehr wahrscheinlich, dass sich ihre Hüllen durch die Präparation gelöst hatten oder wegen ungenügender Färbung des Körpers nicht deutlich hervortraten. Besonders spricht dafür, dass im Gewebe selbst, so viel sich erkennen liess, keine freien Körper lagen. Es kann allerdings die Möglichkeit nicht in Abrede gestellt werden, dass die Körper ursprünglich frei im Gewebe entstanden, und erst später von Hüllen überzogen wurden. Da aber die Hüllen schon an den allerkleinsten Körpern angetroffen wurden, so muss jedenfalls ihr Wachsthum innerhalb der Hüllen geschehen und kann nicht durch einfachen Niederschlag aus der umgebenden Flüssigkeit erklärt werden. Es liegt dann nahe, auch ihre erste Entstehung nicht auf diesem zuletzt angedeuteten Wege zu suchen.

Die wahrscheinlichste Annahme für das Wachsthum ist nun die, dass an der Oberfläche der Körper beständig neue Substanz angelagert wird, theils in gleichmässigen, dünnen Schichten, theils in umschriebenen rundlichen Körnern, wie diese, von unmessbarer Feinheit an bis über die Grösse der Kerne hinaus, sich an den Körpern vorfanden und zuweilen ihre ganze Oberfläche überdeckten. Diese Auflagerungen könnte man als eine Art Ausscheidung des zelligen Belags betrachten, nach Analogie der Cuticularbildungen. Sie hängen mit der Oberfläche des eingeschlossenen Körpers ziemlich innig zusammen, wesshalb man nur selten die abgelöste Hülle noch mit denselben in Verbindung trifft. Die knolligen Hervorragungen können sich ihrerseits wieder vergrössern, und mit dem Körper allmälig mehr und mehr zusammenfliessen. Es kann dabei auch ein Theil der Hülle zwischen zwei innig beisammen liegenden und zum Theil verschmolzenen Körpern eingeschlossen bleiben. Es wäre hier daran zu denken, ob nicht auch Theilungen und Abschnürungen einzelner, kleinerer Stücke der grösseren Körper vorkommen, die zur Bildung von neuen, kleineren Veranlassung geben könnten.

Noch dunkler ist die erste Entstehung der Körper. Man muss sich bei der Erklärung natürlich an die allerkleinsten derselben halten, welche, gleichfalls mit kernhaltiger Hülle versehen, mit nahezu gleich grossen Zellen untermischt angetroffen werden. Während man die grossen Schollen mit ihren kernhaltigen Hüllen nicht leicht als vielkernige Zellen betrachten wird, ist die Entscheidung bei den kleinsten derselben nicht so einfach und man ist sehr geneigt, dieselben im Ganzen für Zellen mit amyloid degenerirten Inhalt zu halten. Es spricht dagegen nur die Analogie mit den grösseren Körpern, der zu Folge man auch hier das Amyloidkörperchen als extra-culluläre Substanz und nur von der Zelle umhüllt betrachten müsste. Indessen hindert uns Nichts anzunehmen, dass eine ursprünglich freie Zelle entweder im Inneren bis auf eine oberflächliche Schicht sich in amyloide Substanz umwandelt, oder nach Analogie mit der obigen Annahme für das Wachsthum der grösseren Körper, dass die Zelle auf der einen Seite eine solche Substanz producirt und sich gleichzeitig um das Ausscheidungsproduct hüllenartig ausdehnt. Auffallend bleibt es aber immer, dass ich keine Uebergänge zwischen nicht amyloiden Zellen und diesen kleinsten Amyloidkörperchen gefunden habe.

Die oben ausgesprochene Ansicht ist daher nur eine unbewiesene Hypothese, indessen scheint sie mir doch noch die grösste Wahrscheinlichkeit für sich zu haben.

Ich will hier nur noch darauf hinweisen, dass auch die Entstehung der concentrisch geschichteten Excrescenzen der Glashäute sich ebenfalls am leichtesten nach Analogie der Cuticularbildungen, durch Ausscheidung von einem zelligen Belag an ihrer Oberfläche, erklären lässt, welcher nach meinen Beobachtungen auch bei den grössten dieser Bildungen immer zu finden ist.

Friedreich hat bekanntlich geschichtete Körper mit Amyloidreaction in pathologisch veränderten Lungen beobachtet, welche im Innern einen aus eiweissartiger Substanz oder Pigment bestehenden Körper enthielten und hat die Entstehung derselben aus umgewandeltem Extravasat durch schichtenweise Lagerung des Fibrins sehr wahrscheinlich gemacht. Eine solche Erklärung scheint mir für meinen Fall nicht zulässig. Ob die wiederholten Blutungen in die Bindehaut etwas mit der Entwickelung der amyloiden Degeneration zu thun hatten, ist mir sehr zweifelhaft. Die Degeneration fand sich an Stellen, wo gar keine Reste von Extravasat zu sehen waren und bei der klinischen Beobachtung traten die Blutungen doch mehr als zufällige Complication auf, die freilich in der Entartung der kleinen Gefässe ihre Erklärung fand. Doch möchte ich die Mitwirkung des extravasirten Blutes, etwa als Material für die Bildung der amyloiden Substanz, vorläufig noch nicht so ganz in Abrede stellen.

Es scheint demnach, wenn man meine Beobachtung mit den früheren zusammenhält, dass amyloide Körper auf verschiedene Weise entstehen können. Ganz besonders dürfte dies aber für die amyloiden Körperchen der nervösen Organe gelten, die den Gegenstand der folgenden Mittheilung bilden sollen.

Zum Schluss will ich nochmals kurz die Resultate der Arbeit zusammenfassen.

1) Die Amyloidentartung kommt in der Bindehaut des Auges und der Lider und weiterhin im Tarsus als rein locales Leiden vor.

2) Sie stellt eine vom Trachom zu unterscheidende klinische Krankheitsform dar. Sie kann vielleicht aus höheren Graden

des Trachoms hervorgehen, tritt aber in anderen Fällen primär, als solche auf.

3) Der Process besteht in der Entwickelung resp. Neubildung amyloider Körper oder eines amyloiden Balkengewebes, welche beide von kernhaltigen, protoplasmatischen Hüllen eingeschlossen sind. Von letzteren scheint das Wachsthum des Gewebes auszugehen.

4) Das Gewebe der amyloiden Wucherung der Bindehaut hat demnach im Bau und vielleicht auch in der Entwickelung manche Analogie mit normalem Bindegewebe.

Erklärung der Abbildungen.

Taf. II. und III. Fig. 1—37.

Fig. 1—28. Amyloidkörper aus der Bindehaut bei 500f. Vergr. gezeichnet.

„ 1—3. Kleinste Formen (nur 0,017—0,019 Mm. lang), mit einem einzigen Kern.

„ 4. Doppeltes Körperchen, mit gemeinschaftlicher Hülle.

„ 5. Deutlich concentrische Schichtung, Hülle mit 2 Kernen.

„ 6. Hülle etwas dicker, feinkörnig, theilweise abgehoben.

„ 7. Axialer Strang, Hülle mit feinen hellen Prominenzen.

„ 8. Körperchen innerhalb der Hülle eingeschnürt.

„ 9. Grössere rundliche Prominenzen des Körpers.

„ 10. Doppelter Kern von einer Prominenz comprimirt, (Flächenansicht.)

„ 11. Grösserer Körper mit drei Kernen.

„ 12—13. Desgleichen mit rundlichen Prominenzen, die zum Theil in der Hülle sitzen.

Desgleichen Fig. 21, 22.

Fig. 14—15. Die Hülle zieht zwischen grösseren Stücken der Körper durch.

Desgl. Fig. 24.

„ 16—17. Die Hülle in der Ablösung begriffen.

„ 18—21. Grössere balkenförmige Körper mit abgerundeten Enden.

„ 23. 26. Körperchen mit zahlreichen runden Prominenzen, ohne sichtbare Hülle.

„ 25. Sehr zierliche concentrische Schichtung.

„ 27. Grosser massiger Körper mit vielkerniger Hülle und Andeutung von innerer Architectur.

„ 28. Körperchen mit anscheinend aus dem Innern hervorkommender Bindegewebsfaser.

„ 29—32. Isolirte Hüllen. Vergr. 500.

„ 29. Sehr vielkernige Hülle.

„ 30. Die Hülle bildet einen förmlichen Abdruck des davon bedeckten Körpers.

„ 32. Die Hülle enthält ausser dem Kern kleine, wahrscheinlich amyloide Körper.

„ 33—34. Mehr- und einkernige Zellen aus der Bindehautoberfläche.

„ 35—37. Concentrische Bindegewebsbildungen aus der Sehnervenscheide von einem Falle von Atrophia n. opt. Vergr. 100.

„ 35. Isolirtes Körperchen von 0,18—0,195 Mm. Durchmesser, ohne Amyloidreaction.

„ 36. Concentrische Bildung von etwas complicirter Beschaffenheit, mit einem kleinen, durch einen feinen Faden befestigten Anhang, noch in Verbindung mit einem Bindegewebsbalken, ebendaher.

„ 37. Eigenthümliche ringförmige Bindegewebswülste, welche die Balken umhüllen.

Ueber ein eigenthümliches Verhalten der Corpuscula amylacea im atrophischen Sehnerven.

Von

Th. Leber.

Hierzu Tafel III. Fig. I—X.

———

Von der amyloiden Degeneration, welche den Gegenstand der vorhergehenden Mittheilung bildet, hat man nach Virchow's Vorgang die amyloiden Concretionen und Körperchen, und besonders diejenigen, welche in nervösen Gebilden vorkommen, allmälig immer schärfer unterschieden. Die Entstehungsweise der letzteren ist bisher trotz verschiedener Erklärungsversuche noch nicht genügend aufgehellt. Sicher bekannt ist nur, dass sie sich besonders bei atrophischen Zuständen der Nervensubstanz oft in sehr reichlicher Menge entwickeln. Im Folgenden theile ich eine Beobachtung mit, welche geeignet ist, einiges Licht auf die Entstehung derselben zu werfen.

Der Fall betraf einen 72jährigen Schuhmacher, der an einer durch Cancroid bedingten Oesophagusstenose starb und wo bei der Section ausserdem eine beiderseitige Sehnervenatrophie gefunden wurde. Nähere Nachforschungen ergaben, dass der Kranke 4 Jahre vorher

an einem Carbunkel behandelt worden war, und damals
von völliger Erblindung des einen Auges befallen
wurde. Eine genauere Prüfung der Augen war nicht
gemacht, sondern nur festgestellt worden, dass Patient
mit dem einen Auge wenigstens gröbere Gegenstände
erkannte, während er auf dem andern völlig blind zu sein
angab.

Indem ich den genaueren Bericht über die anato-
mische Untersuchung der Augen weiter unten folgen
lasse, nehme ich vorweg, dass in den atrophischen Sehnerven vom Foramen opticum an centralwärts, im
Chiasma, den Tractus bis in die Corp. geniculata und
die Oberfläche der Seh- und Streifenhügel zahlreiche Amyloidkörperchen enthalten waren.*)

Die Amyloidkörperchen färbten sich mit Jod allein
nur gelb, mit Jod und Schwefel- oder Salzsäure nahmen
sie eine schöne violette Farbe an. Sie waren sämmt-
lich in eine homogen aussehende Kapsel eingeschlossen, welche sich mit jenen Reagentien nur
gelb färbte und sich desshalb von dem violett gefärbten Inhalt sehr deutlich abhob. Es konnte dies Verhalten schon
an dünnen Stückchen des Gewebes leicht beobachtet
werden, mit vollkommener Sicherheit wurde es aber
durch Zerfaserung festgestellt, wobei die Körperchen
in ihren Kapseln sich leicht vollständig isoliren liessen.
Man bemerkte dabei weiter, dass sich die Kapsel auf
einer Seite in eine lange und ziemlich feine, glatte, un-
verästelte Faser fortsetzte, die sich in der Nähe der Kapsel
allmälig etwas verdickte und mit einer leichten Anschwellung
in die Kapsel überging. Die Faser konnte oft durch das
ganze Gesichtsfeld des Mikroskopes hindurch verfolgt

---

*) Es ist derselbe Fall, den ich schon bei einer früheren Ge-
legenheit, aber ohne das Verhalten der Amyloidkörper zu berühren,
kurz erwähnt habe. Sitzber. d. ophth. Ges. 1868. Zehend. Monats-
bl. VI. p. 310.

werden, (s. Taf. III. Fig. I—VII). Die Körperchen selbst
waren meistens rund, seltener oval; der Durchmesser
der meisten betrug 0,015 bis 0,02 Mm., doch variirten
sie zwischen 0,007—0,023 Mm. und die ovalen erreichten
mit dem längeren Durchmesser selbst 0,027 Mm. Hier
und da sah man auch zwei Körperchen dicht neben einander,
wie es schien fest verbunden und selbst innerhalb derselben, etwas eingeschnürten Kapsel. Die Körperchen
zeigten besonders bei schwacher Tinktion eine deutliche
concentrische Schichtung. Die Kapsel war deutlich doppelt
contourirt, ihre Dicke nicht genau zu messen, an den
kleineren Körpern war sie zarter als an den grösseren.
An letzteren erschien sie an mehreren Stellen des Um-
fangs etwas mehr verdickt, wie dies Fig. VI zeigt. Niemals habe ich aber bei oft wiederholter Untersuchung einen Kern daran wahrgenommen. Nicht
selten kam es vor, dass einzelne Körper durch die Präparation aus ihren Kapseln herausfielen, wo man dann
einerseits das isolirte, violett gefärbte Körperchen ohne
gelbliche Hülle, andrerseits die eingerissene und ge-
schrumpfte Kapsel von rein gelber Farbe mit der daraus
hervorgehenden Faser sehen konnte. (s. Fig. VIII, IX, X.)
Die Faser wurde an den mit der Kapsel isolirten Körperchen so häufig und regelmässig beobachtet, dass man
sie für constant halten, und wenn sie fehlte, dies dadurch
erklären musste, dass sie bei der Präparation abgerissen
war. Niemals habe ich aber die Faser sich auf der
entgegengesetzten Seite des Körperchens wieder fortsetzen sehen, immer sass das letztere terminal.

Soviel ich in der Literatur finden konnte, ist das
eben geschilderte Verhalten der Amyloidkörperchen bisher noch nicht beschrieben. Es steht mir auch nur diese
eine Beobachtung zu Gebote, ich kann daher nicht angeben, ob dasselbe auch sonst vorkommt. Indessen ge-
nügt, wie mir scheint, schon dieser eine Fall, um es sehr

wahrscheinlich zu machen, dass die Amyloidkörperchen der atrophischen Nervensubstanz aus Nervenfasern hervorgehen und sich unter Umständen selbst im Innern der Scheide entwickeln können; das Material dazu dürfte die Nervensubstanz liefern. Bekanntlich hat schon früher Rokitansky die Meinung vertreten, dass sie aus den Bruchstücken zerfallener Markscheiden hervorgehen. Er stützte sich aber dabei vorzugsweise auf die Aehnlichkeit der Myelinformen mit den geschichteten Körperchen, die jedoch, seit wir die Amyloidreation an den letzteren kennen gelernt haben, nur mit grosser Vorsicht zu verwerthen ist.

In jüngerer Zeit ist von Besser*) die Behauptung aufgestellt, dass die Amyloidkörperchen nicht aus Nervenfasern, sondern aus der Neuroglia hervorgehen sollen. Besser hat seine Beobachtungen nicht ausführlich mitgetheilt, sondern gibt nur eine gedrängte Zusammenstellung der von ihm erhaltenen Resultate. Nach diesen entstehen aus den feinen Fäden und Netzen der Neuroglia kleine glänzende Körperchen, auch der Kern zerfällt in kleine glänzende Segmente; diese kleinen Partikelchen ballen sich zusammen und bilden die grösseren, geschichtet aussehenden Amyloidkörper.

Jene feinsten Partikelchen geben ebenso deutlich die Amyloidraction als die grossen, geschichteten Körper. Rindfleisch**) hält es bei der gleichmässigen Grösse, der gelegentlichen Wahrnehmung eines unveränderten Kernes, und der ganzen Vertheilung der Corp. amylacea für beinahe gewiss, dass sie durch eine Amyloidinfiltration der runden Neurogliazellen, der Körner des normalen Markes, gebildet werden.

Bei diesen unter sich verschiedenen und besonders von der oben ausgesprochenen Vermuthung so völlig

---

*) L. Besser. Das amyloid der Centralorgane. Virch. Arch. XXXVI. S. 302—303.

**) Lehrb. d. pathol. Gewebelehre. 2. Aufl. Leipz. 1871, p. 596.

abweichenden Ansichten habe ich es mir angelegen sein lassen, wo möglich noch etwas genaures über die Entstehung der Körper in meinem Falle zu ermitteln. Namentlich suchte ich die aus den Kapseln hervorgehenden Fasern zu verfolgen, um etwa ihre Entstehung aus Nervenfasern durch Auftreten von Varicositäten oder von Myelingehalt direct nachzuweisen, aber ohne Erfolg. Die Fasern sehen genau so aus, wie die Mehrzahl der atrophischen Nervenfasern, an welchen keine Amyloidkörper sassen und welche man wegen der grossen Länge, in der sie ohne jede Theilung oder Bildung von Ausläufern zu verfolgen sind, wegen ihrer grösseren Resistenz gegen Reagentien etc. für atrophische Nervenfasern halten muss. Während indessen ein Theil derselben durch blasse Varicositäten ihren Ursprung aus Nervenfasern noch directer zu erkennen gab, habe ich dies an keiner der mit Amyloidkörpern zusammenhängenden Fasern beobachtet; natürlich ist damit nicht gesagt, dass ich nicht doch vielleicht bei noch längerem Suchen einzelne varicöse Fasern in Verbindung mit Amyloidkörpern gefunden haben würde.

Niemals habe ich irgend welche Uebergänge zwischen den Corp. amylacea und den oft ähnlich aussehenden Myelinformen beobachtet, beide liessen sich durch die Reaction immer sicher unterscheiden. Ebenso wenig kamen aber in meinen Präparaten feinere, glänzende Körnchen vor, welche Amyloidreation gaben, wie sie Besser beschreibt, und aus denen er die grösseren Amyloidkörper sich entwickeln lässt.

Auf keinen Fall konnten die von mir beobachteten Kapseln und die daraus hervorgehenden Fasern Gerinnungen durch die zur Untersuchung verwandten Reagentien sein. Die Untersuchung wurde zwar erst vorgenommen, als das Präparat schon kurze Zeit in Müller'scher Flüssigkeit gelegen hatte; allein einmal bewirkt diese bekanntlich nicht derartige Gewinnungen, wie z. B. stärkere Cr O_3 Lösungen, und dann war die Erhärtung noch so wenig vorgeschritten, dass die Isolirung der Elemente mit der grössten Leichtigkeit gelang. Ich brauche kaum zu bemerken, dass auch das genauer geschilderte Aussehen der fraglichen Gebilde gar nicht den Gedanken an eine solche Entstehung aufkommen liess. Auch jetzt noch, wo die Sehnerven 5 Jahre lang aufbewahrt sind, habe ich an frisch gemachten Präparaten dieselben Gebilde noch ebenso gefunden, wie früher, die sich nur viel schwieriger isoliren liessen. Auch kann ich dieselben an einem damals gemachten microscopischen Präparate, das sich abgesehen von der Jodreaction sonst sehr gut erhalten hat, noch jederzeit demonstriren.

Ich bin daher nicht im Stande, den direkten Beweis für die Entstehung der Amyloidkörperchen aus Nervenfasern zu liefern, glaube aber doch, dass die mitgetheilte Beobachtung mit grosser Wahrscheinlichkeit für diese Annahme spricht. Wie die entgegengesetzten Angaben Anderer zu erklären sind, darüber kann ich umsoweniger Vermuthungen äussern, als die denselben zu Grunde liegenden Beobachtungen nicht ausführlich mitgetheilt worden sind.

Ich lasse nun das Resultat der Untersuchung der Augen und Sehnerven des betreffenden Falles folgen.

Patholog.-anatom. Befund.

Der orbitale Theil beider Sehnerven, besonders des linken, verdünnt, am Eintritt in's Auge nur wenig, dagegen um so stärker, je mehr man sich dem Foramen opticum nähert; die äussere Scheide schlaff, das intervaginale Bindegewebe aufgelockert und atrophirt. Die Schnervenstämme erscheinen auf dem Durchschnitt grau.

Im grössten Theil des orbitalen Verlaufes sind die Veränderungen auf beiden Seiten ziemlich gleich. Der Durchmesser des Stammes mit innerer Scheide beträgt in der

Nähe der Sclera beiderseits etwa $3^1/_4$ Mm., ohne innere Scheide fast 3 Mm., ist also nur wenig verdünnt. Die bündelweise Anordnung der Nervenfasern ist, wie gewöhnlich bei grauer Degeneration, erhalten, die Bündel bestehen grösstentheils aus langen, feinen, blassen, unverästelten Fasern, von denen viele durch zahlreiche feinere und gröbere blasse Varicositäten sich als atropische Nervenfasern unzweifelhaft documentiren.

Die Bündel nehmen mit Gold keine dunkelviolette Farbe an, werden dagegen durch Carmin lebhaft roth gefärbt. Auch durch Zerzupfen erhält man keine normalen myelinhaltigen Nervenfasern mehr, mit Ausnahme einer kleinen Stelle, auffallender Weise an dem weiterhin stärker atrophischen linken Opticus. Unmittelbar vor dem Eintritt in's Auge nehmen hier die oberflächlichen Bündel an einer ganz umschriebenen Stelle die violette Färbung mit Goldchlorid an und zeigen auch Myelingehalt. Der grössere übrige Theil des Querschnittes ist gleichmässig atrophisch. Die Bündel sind durchsetzt von ziemlich zahlreichen, meist in kleinen Gruppen beisammen liegenden, eckigen, blassgelben Körnern, wie es scheint eine Art von Pigment. Trotzdem sie in Gruppen angeordnet sind, scheinen sie doch nicht in Zellen eingeschlossen zu sein, wenigstens sieht man nach Carminfärbung keine Beziehung der Gruppen zu den deutlich hervortretenden Kernen. Dieselben geben keine Amyloidreaction. Die Kerne sind ziemlich zahlreich, meist etwas länglich, an Zupfpräparaten sieht man sie umgeben von einer unregelmässig begrenzten körnigen, auch meist mit Ausläufern versehenen Substanz; erst nach längerem Erhärten treten etwas deutlicher mit Ausläufern versehene kleine Zellen hervor.

Das Bindegewebe in der Umgebung der Centralgefässe ist ziemlich stark verdickt, ebenso auch die gefässtragenden Balken zwischen den Bündeln, und zwar mehr als sonst bei einfacher grauer Degeneration. Auch die innere Scheide nimmt an der Verdickung Antheil, abgesehen von der Auflockerung und Hyperplasie des intervaginalen Gewebes.

In der Nähe des Foramen opticum, wo die Atrophie und besonders die Dickenabnahme immer stärker wird, sind die Veränderungen beider Seiten weniger übereinstimmend, weshalb ich sie besonders beschreiben will.

Der linke Opticus verdünnt sich ganz ungewöhnlich stark, während gleichzeitig die innere Scheide und das intervaginale Gewebe immer mehr hypertrophiren und selbst die äussere Scheide in gewissem Grade sich an der Verdickung betheiligt. An der dünnsten Stelle, in der Länge von etwa 1 Cm., beträgt der Durchschnitt des Opticus ohne innere Scheide nur 1—1¼ Mm., mit letzterer 2—2½ Mm. Der Nerv ist an dieser Stelle in einen einfachen Bindegewebsstrang umgewandelt, ohne jede Spur von Nervenbündeln. Auf Querschnitten sieht man im Centrum nur ein compaktes, aus dicht gedrängten Bindegewebszügen und Gefässen gebildetes Gewebe, welches in die ähnlich beschaffene, und aus deutlich netzförmig verbundenen Balken bestehende, verdickte innere Scheide übergeht. Hierauf folgt das gewucherte intervaginale Balkengewebe und zuletzt die ebenfalls verdickte äussere Scheide. In die äussersten Schichten der letzteren sind Fettzellen eingelagert; überdies erscheint das umgebende Gewebe verdichtet und mehr als in der Norm mit der Sehnervenscheide verwachsen.

Rechterseits verjüngt sich der Nerv nach dem Foramen opticum zu in etwas geringerem Grade, bis zu 1,9—2,8 Mm. (in zwei verschiedenen Richtungen) einschliesslich der weniger als links verdickten inneren Scheide. Der Nerv ist demnach etwas abgeplattet und zeigt sich auf dem Durchschnitt nur partiell atrophisch. Vom innern Rande her erstreckt sich ein breiter atrophischer Streif in denselben bis zur Mitte hinein, so dass überhaupt nur an den beiden Seiten und an dem gegenüberliegendem Rande noch normale markhaltige Parthien übrig bleiben. In einer kleinen Entfernung von Foramen opt., im orbitalen Theil des Nerven, ist der atrophische Streif noch nachweisbar, die atrophischen Bündel verschmälert; die übrigen, von normaler Dicke, enthalten markhaltige Fasern. Die Menge des Markes scheint aber verringert, die Fasern sind etwas dünn und viele Bündel geben nur eine schwache oder gar keine Goldreaction. In der Nähe des Auges endlich ist der Nerv, wie schon bemerkt, gleichmässig grau degenerirt und die Goldreaction bleibt völlig aus.

Am intercraniellen Theil der Nerven bis zum Chiasma nimmt die Atrophie wieder ab, die Nerven werden wieder etwas dicker, sind aber stark abgeplattet. R. Durehm., 8 Mm. vom Chiasma entfernt, etwas über 4½—3 Mm. L. 2 Mm. vor dem Chiasma, 4½—2½ Mm.) Rechts lässt sich der atrophische Streif noch eine Strecke weit deutlich verfolgen, er zieht hier von oben nach unten durch den Nerven durch, und ist am oberen und unteren Rande breiter; viele Bündel sind vollständig atrophisch, andere aber nur zum Theil und fleckweise degenerit.

Der linke Sehnerv zeigt sich an Goldpräparaten zwar sehr stark, aber doch nicht vollständig atrophirt. Ringsum findet sich eine schmale ganz atrophische Zone, die am einen Rand erheblich breiter ist, das Centrum zeigt weit gediehene Atrophie mit vereinzelten noch erhaltenen Fasern oder Fasergruppen.

Auch das stark abgeplattete Chiasma ist grösstentheils grau degenerirt, mit einzelnen markhaltigen Streifen. Die Tractus, gleichfalls dünner als normal, verjüngen sich vom Chiasma an noch mehr, wobei sie eine mehr cylindrische Form annehmen. Es gelingt an ihnen die Goldreaction nicht mehr gut, vielleicht wegen zu langer Einwirkung der Müller-schen Flüssigkeit, obgleich sie im Centrum noch eine ziemliche Menge markhaltiger Fasern enthalten, während dagegen die oberflächliche Schicht fast vollständig atrophirt ist.

Die histolog. Beschaffenheit des intercraniellen Theils der Optici und ihrer Fortsetzuugen ist ziemlich dieselbe, wie am orbitalen Theil, mit Ausnahme des Auftretens von Amyloidkörperchen, welche im letzteren völlig fehlen. Die innere Scheide ist ebenfalls erheblich verdickt, desgleichen das gefässtragende Balkenwerk.

Die innere Scheide enthält am intercraniellen, weniger am orbitalen Theil beider Nerven, vereinzelte, grosse geschichtete Körper, die an Grösse die Corpuscula amylacea weit übertreffen und aus Bindegewebe bestehen. Es sind dieselben Gebilde, welche ich Taf. III Fig. 35 und 36 von einem andern Falle von Sehnervenatrophie abgebildet habe.

Das Verhalten der Corpuscula amylacea ist oben schon ausführlich geschildert. Sie finden sich in grosser Menge in der ganzen Dicke des intercraniellen Theils der Optici, im Chiasma nur spärlich im Centrum, aber reichlich in den oberflächlichen Schichten, besonders gegen den Ursprung der Tractus hin, ferner sehr reichlich in den Tractus selbst, aber auch hier wieder mehr an der Oberfläche; in der oberfläch-lichen Schicht des Tubere genie. externum, spärlicher des Tub. internum, ziemlich dicht gedrängt an der ganzen Oberfläche der Sehhügel, in der Stria cornea und einem Theile der Streifenhügel.

An letzteren Theilen treten sie ausschliesslich in der oberflächlichsten Schicht auf und dringen nicht merklich in die graue Substanz ein. Die Ganglienzellen unterhalb dieser Schicht enthalten sehr zahlreiche braune Pigmentkörnchen. An allen Stellen, wo sich die Corp. amylacea finden, sind die normalen Nervenfasern spärlich und durch feine atrophische Fasern ersetzt.

Das interoculare Sehnervenende zeigt beiderseits eine ausgesprochene atrophische Excavation, links tiefer und breiter als rechts, die sich, nach ihrer Form zu schliessen, aus einer ursprünglichen physiolog. Excavation entwickelt zu haben scheint. Dieselbe ist schon von der Fläche her deutlich zu sehen, noch deutlicher auf dem Durchschnitt.

Links nimmt die Grube den grössten Theil der Papille ein, hat eine trichterförmige Gestalt mit ziemlich rasch aufsteigendem Rande. Ihr Grund liegt etwas tiefer als die Aussenfläche der Aderhaut, ungefähr an der Stelle, wo im normalen Zustand die Grenze von markhaltiger und markloser Substanz sich befindet, welche aber hier wegen der grauen Degeneration gar nicht zu sehen ist. Der Sehnerv hat innerhalb des Foramen sclerae eine weniger conische, mehr der cylindrischen sich nähernde Gestalt, und die Auflockerung und Hypertrophie des intervaginalen Gewebes erstreckt sich in Begleitung des Sehnerven bis zur Gegend der Lamina cribrosa. Die Netzhaut ist, besonders am Rande der Papille, in Folge von Atrophie der Faserschicht, erheblich verdünnt. Uebrigens ist die Faserschicht als solche noch überall erhalten, nur dünner als normal. Die Ganglienzellen sind spärlich, an den vorhandenen, soweit die mangelhafte Conservirung ein Urtheil erlaubt, nichts Abnormes zu sehen; ebensowenig an den übrigen Schichten der Netzhaut, abgesehen von einer cadaverösen Veränderung oder selbst Zerstörung der Stäbchenschicht.

Rechts beträgt die Breite der centralen Grube nur etwa $\frac{1}{3}$ des Durchmessers der Papille, ihr Grund reicht nicht ganz bis zu der Grenze markhaltiger und markloser Substanz, die hier wenigstens angedeutet ist. Der sonst markhaltige Theil des Opticus ist übrigens auch hier fast durchgehends grau.

Das Aussehen der Excavation ist, abgesehen von der geringeren Grösse, ganz dasselbe wie links. Auch die Netzhaut verhält sich im wesentlichen gleich.

Was die Entstehung der Sehnervenatrophie betrifft, so muss wohl ein umschriebener Entzündungsprocess in der Gegend des Foramen opticum beider Seiten mit Fortsetzung der Entzündung auf die Scheide und secundäre Atrophie der Sehnerven angenommen werden. Das Gehirn war nicht sehr genau untersucht worden, aber gröbere Veränderungen in demselben nicht gefunden.

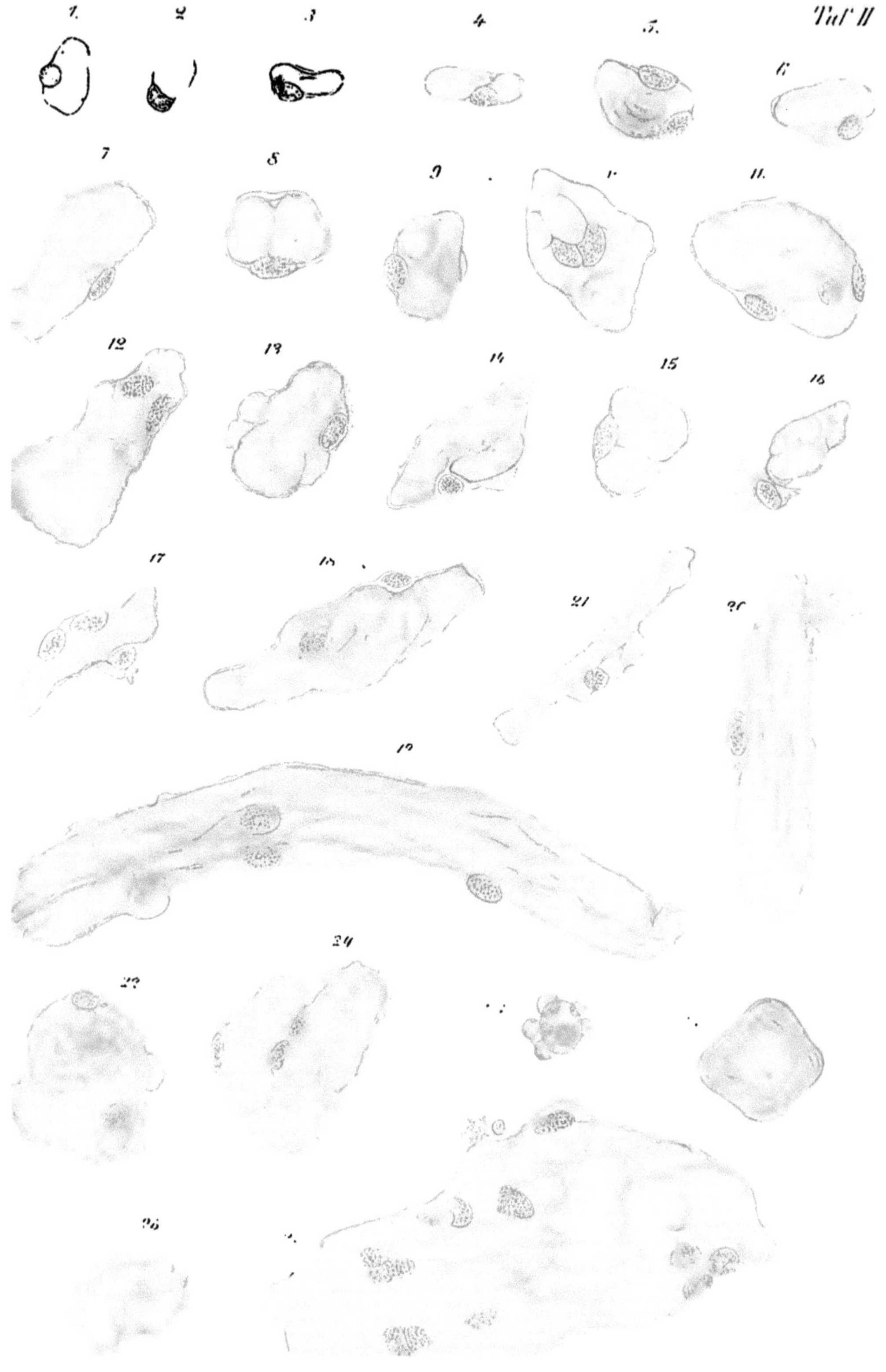
Taf II
1.
2.
3.
4.
5.
6.
7.
8.
9.
10.
11.
12.
13.
14.
15.
16.
17.
19.
20.
21.
22.
23.
24.
25.
26.

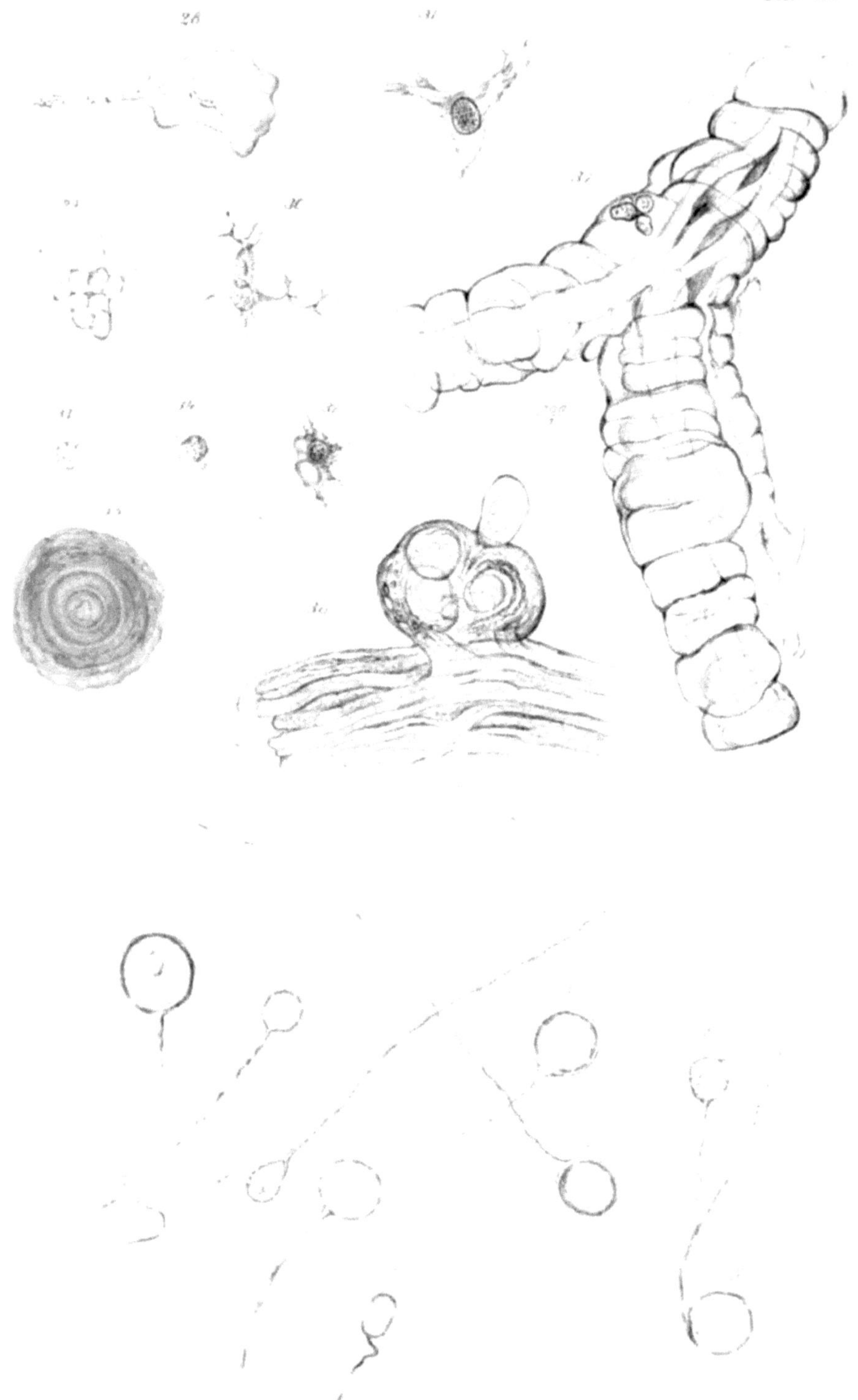

Taf III.